사랑은 가까이에서 더 그립다

사랑은 가까이에서 더 그립다

박영무 시집

대양미디어

아름다운 번뇌는 아름다운 시가 되고 아름다운 시는 아름다운 사랑의 흔적을 남긴다. 흔적을 남긴 영혼의 발자국이 여기 주어진 자리에 머물다 간다.

사람마다 마음이 다르고 생각이 다르겠지만 가슴에 지니고 살아가는 그리움 하나쯤은 뿌리 박혀 있지 않을까?

내가 살아 있는 이유 중의 하나가 사랑하는 사람의 얼굴을 단 한번만이라도 마주보고 싶은 기다림 때문이라면 잘못된 생각일까?

그리움과 기다림 속에 세월은 가고 인생 또한 강물처럼 흘러간다.

이 글을 이 세상에서 가장 사랑하는 사람 앞에 바친다.

여기에 덧붙이고 싶은 부탁은 나의 시는 곧 나의 노래

임을 밝히며 눈으로 읽고, 마음으로 읽고, 소리내어 읽을 때 더욱 시인의 참뜻을 이해할 수 있기에 낭송하며 애송해 주셨으면 합니다.

2018년 첫 달에
저자 박영무 書

차 례

제 1 부

사랑은 가까이에서
더 그립다

제 2 부

그대 곁에 머물고 싶다

제 3 부
사랑이 마주할 때

제 4 부

머언 바램으로
서 있는 노을빛

제1부

사랑은 가까이에서 더 그립다

사랑은 가까이에서 더 그립다

그대 눈부신 미소
잔잔한 호수처럼 다가와선
희망에 찬 기쁨 가슴 가득히 물결쳐 오네
밀물져 오네

우리 서로를 사랑하지 않으려는가

고운 만남,
고운 그리움,
향기롭게 불타오르리

세상에서 가장 아름다운 사랑을 말하려는가
내가 좋아하며―그리워하며
정겨운 마음 아낌없이
나눌 수 있는 사람 곁에 있으면
이 세상에서 가장 아름다운 사랑이라네
행복이라네

미쁨의 날들은 잠시 머물다 가는 것
우리 서로를 사랑하지 않으려는가

사노라면 모자란 삶도 있겠지
눈시울 흠뻑 젖는 서러움도 있겠지

운명처럼 다가오시는 그대,
그대 위한 내 그리움
따스하리라
늘 따스하리라

우리 서로 멀리에 있어도
가까이에 있어도
나의 지극함은 변함없으리니

이별은 슬픈 것
사랑은 가까이에서 더 그립다

실수한다는 것

사람은 신이 아니기에
실수하며 성숙해지고
실수하며 성찰하며
깨우침을 얻는다

하지만
한 번의 실수일지라도
뼛속 깊이 각인하지 않으면
두 번의 실수를 범하기 쉽고
또 다른 실수 때문에
불행의 한을 남긴다

어떤 실수는
깨달음의 보약이 될 수 있지만
어떤 실수는 극약이 되어
인생의 전부를 잃게 된다

삶이란 한 치의 오차도 없는
냉혹한 잣대의 척도이며
엄정한 저울추의 눈금이다

사람이 살아가며
실수를 범하지 않는 것도 중요하지만
실수를 거울삼아
승리하는 삶이 더 위대하다

내 영과 육의 잔물결 위에

저려오는 아픔일수록
사랑은 간절하고
그리움은 뼈에 시리다
누구를 위한 낮과 밤의
딸꾹질인가

우리들의 고뇌에 찬 계절은
꽃잎처럼 물 위에 떠서 흐르고
눈시울에 어리는 허공은
내 영과 육의 잔물결 위에 소리 없이 이랑진다

흰 눈처럼 순결했던 너에게
나의 처음인 사랑과
나의 마지막인 사랑을 바친다

내가 살아가는 동안에도
내가 다시 태어나서 살아가는
머언 후일에도

못다 이룬 행복의 꿈을 너와 함께 이루고 싶다

내 영과 육의 잔물결 위에
육신은 꽃잎이 되어 떠내려갈지라도
영혼은 그대 곁에 날아가
민들레 꽃씨처럼 꽃을 피우리니

저려오는 아픔일수록
사랑은 간절하고
그리움은 뼈에 시리다

소녀의 꿈
– 일터에서 꿈을 키우는 소녀에게

소녀는 꿈꾼다
은물결 소리 여울지는 그런 사랑을 꿈꾼다

사랑은 아침 이슬이 듯
영롱하게 눈을 뜨고
그리움은 샘물처럼 가슴 깊이 고인다

황금빛 찬란한 열매들이
초롱초롱 물결치는 세상
땀방울 끈끈하게 베어드는 나날들이
힘에 겨워도

거룩한 십자가 앞에서
소녀의 꿈은 간절하고
우리의 만남은 더욱 더 간절하다

소녀여,

밀알이 썩어서 밀밭이 되는
믿음 하나 움을 틔우자!
유리알같이 순결한 우리 사랑
움을 더우자‼

삶은 모질고 둔탁한 것
눈물 같은 땀방울 으깨어서
우리 사랑 변함없이 나란하면
참으로 따스하고 행복한 만남이지 않겠니

오늘에 주어진 삶이 비록 애틋하고
안타까울지라도
사랑은 그윽하고
그리움은 연연하다

내 청순한 그리움을 너에게 바친다
세상의 모든 것을 너의 것으로 새겨 넣는다

도시의 불빛

밤을 탐닉하는 도시의 불빛은
황홀하다
골목길 들어서는 하루살이

컬컬한 가슴은 목이 마르고
발길 닿는 곳
아무려면 어떠랴
한 잔의 술— 두 잔의 술에
유리잔은 달아오른다

아름다운 사랑도
애틋한 그리움도
밀물이 되고,
썰물이 되어,
어둠 속에 묻히는 삶

즐비하게 늘어선 빈 술병 답답도 하다
빈 가슴 다시 채워 넣는 날을

기다리는 몸부림
너와 나의 목마름이 다를 게 무어냐고
말을 건네 보았지만
술에 취한 듯
그리움에 취한 듯
홀소리 닿소리만 주절대며 도리질을 한다

삶이란 1+1=0 1-1=0
둥근 것끼리 맞불을 당기며
망각의 굽이를 돌아가는 시계바늘인가

카멜레온의 천국에서 술에 취해버린
도시의 불빛은
언제 그랬냐는 듯이
아침이면 스스로 허물을 벗는다

오늘 하루도 분주하다

돈이 먼저 사람에게 인사를 해야지

사람이 돈을 만들었지만
돈이 사람을 지배하는 굴욕을
나무라지 않는다

돈의 부피에 대하여
돈의 무게중심에 대하여
모른 척하면 어떠리

돈에 약해지면 짓밟히기 쉽고
돈이란 놈이 구실을 삼으면
그늘 속에서
그늘을 움직이는 그 자에게
희롱당하는 억울함을 견디느라

죽을 맛이 아니겠니

아가야, 돈이 인생의 전부는 아니란다
너만은 돈의 굴레를 벗어나

영혼의 맑음에서 눈을 떠야 한다

어긋난 풍요는 오히려 독약이 되지만
맨발로 뛰는 진실한 용기는
밥 한 그릇,
물 한 모금에도
안식의 여유와 평안을 얻는다

인생이란 돈이 있는 자도 없는 자도
세월의 모닥불에 불타지고 없어지는
불소시게일 뿐이란다

사람이 돈을 만들었으니
돈이 먼저 사람에게 인사를 해야지

돈 앞에서 비겁하지 않고
비굴하지 않는
거울 속의 자아에게도 인사를 해야지
화안한 얼굴로 인사를 해야지

청 어

청어란 놈
밥상 위에 놓여 있으니
청어구이란다

생존이란 존귀한 것
살진 생존이
생존을 위한 기름진 맛에

야금야금 소멸되어지고 있다

청어구이의 구수한 맛을
유난히 좋아하셨던
울아버지 생각에 울컥

목이 메이지만

우매한 너는
인간의 먹이사슬로 와서

어느 새 가시만 남았구나

드넓은 바다를 휘젓고 뛰놀던
자유가 몹시 그리웠겠지

삶이란 몸부림을 쳐도
먹고 먹히는 연결고리의 덫이다

청어란 놈
사람의 육신으로 윤회하는 중이다

미 로

한 조각 구름인들
가는 길이 없으랴

오늘 길,
가는 길에
쉴 곳 없으랴

어디 만큼 살다가
무거운 짐 있으면
서러운 소나기로 퍼붓고

상처받는 가혹함에
가슴 찢기우는 날에도
허공에 떠도는 구름 한 점
무심히 흘러 보내 듯

울컥이는 눈물 다독이며 산다

구름이 지나가는 길을
묻지 않는 거라오
바람이 스치우는 까닭을
캐묻지 않는 거라오

허공엔 구름,
잎새엔 바람,

모든 것은 흘러간다

모든 것은 피고 진다

우리들의 애틋한 사랑도
꽃잎처럼 진다

제2부

그대 곁에 머물고 싶다

그대 곁에 머물고 싶다

오늘도 날이 저물면
강 건너 강나루엔
오색불빛 흐드러지고

사람들은 저마다 못 다 이룬 아쉬움과
한숨 어린 미완의 기억들을
베갯머리 맡에 놓아둔 채

내일을 꿈꾸며 잠이 든다

내일에는
오늘보다 더 행복하리란 믿음과
절실한 소망을 안고
수고로움에 지친 하루는

그렇게 마감이 된다

삶의 기쁨,
삶의 슬픔,

연연한 그리움,

이 모든 것,

잠이 든 꿈결 속에서
아는 듯 모르는 듯 스치우며
강물처럼 이어 오고 이어 가리니

우리들의 사랑 또한
별빛처럼 영롱하리니

밤하늘에 반짝이는 수많은 별빛 중에
그대 위한 별빛 한 움큼
딱, 한 움큼만 손에 쥐고

그대 곁에 머물고 싶다

내일이면 행복해야지
우리 서로를 사랑해야지

울음 맺힌 날들은 소리 없이 진다

내 안에 머물다 간
푸른 물그림자 하나

물 위에 어리는 얼굴,

허리 꺾인 갈잎소리
허공에 서걱인다

나란히 거닐면
한 없이 행복했던 사람아,

손 맞잡고 거닐면
한 없이 따스했던 사람아,

차디 찬 조약돌의 아픔을
지금 내가 앓고 있구나!

고왔던 너의 이름
소리쳐 불러본다
부르다가 부르다가
강기슭에서 날이 저물고

울음 맺힌 날들은 소리 없이 진다

내 안의 깊이에서
강물처럼 머물다 간
푸른 물그림자 하나

잊혀진 물결 위엔
아직도
물안개 피어오른다

빛과 그늘

삶의 열쇠는 빛과 그늘이며
빛은, 사랑의 숨결을 고르는
현재와 미래의 희망이며
그늘은,
고요를 불태우는 사랑의 번뇌이다

목숨이란
빛과 그늘이 동행하는 영혼의 유희,
빛이 있으니 그늘이 있고
그늘이 있으니 빛이 있음이다

스스로에게 관대한 야망은
망상의 늪 위에 눕고
어둠 속에서 이글거리는 욕망은
허깨비 놀음에 업보를 쌓는다

실존을 실감하는 빛과 그늘의 윤회는
족적을 남길수록 너의 정체는 선명하다

내가 빛일 때
그늘이 되는 존재는 누구이며
누군가 빛일 때
그늘이 되는 나의 존재는 무엇인가

너와 나는 그 곳에 무엇의 무엇을
그려 놓으려는가
빛과 그늘은 둘이 아닌 하나이며
지울 수 없는 여백의 허상이다

말세의 표류기

아담과 이브의 에덴은
가파르고 절박하다
서툰 곡예를 자행하는 무법자의 질주

폭풍과, 홍수와, 가뭄과, 열사와,
전쟁과, 테러와, 지진과, 화산,
오염된 공포의 찌꺼기들이
절묘하게
종말의 증후군을 견인하고 있다

예고 없는 절망의 밀도는
날로 숨통을 조이고
유념치 않는 허상들은
알 수 없는 생과 사의
갈림 길에서 하얀 뼈를 묻는다

막다른 종말이 밤길을 걷는
은하의 강가엔

수선화 한 떨기 피어나지 않는다

밤은 깊으리니
통곡소리 낭자하다
그날은 오후 몇 시 몇 분 몇 초인가

겸애와 순응을 상실한 족속들은
말세의 가속페달을 힘주어 밟고 있다

흔들리는 소나무

늘 푸른 소나무는
흔들릴수록 고요하다

사랑하는 이 곁에 있으면
옹달샘의 고요보다 더 고요하다

고요는 강철보다 더 강한 힘,
작은 풀잎끼리 얼싸안고 버티는 힘,

잔인한 양심이 생가죽을 벗겨내는
아픔에도
절개는 어금니 꾸욱 다물어버린다

소나무 가지에서 우짖는 아우성,
저— 아우성소리 듣느냐

사랑아, 듣느냐
잠이 깨었느냐

잠이 깨어 가슴이 들끓는 게냐

골고다의 새벽 종소리 울어 에는
빈 뜨락에서
십자가를 움켜쥔 가슴은 절박하고 처량하다
홀로 흐느껴 우는 우리 사랑을 잠시라도
잠시라도 기억 할 수 있는 게냐

무심한 세월은 멈추지 않고 흐르는데

사랑아,
너와 나는 한사코
갈림 길에 서 있지 않아야 한다

서로가 서로에게 버림받지 않아야 한다

잎새는 흔들릴수록 저항하는 힘을 키우며
강인함에 익숙해지고
뿌리는 흔들릴수록
강력한 힘 앞에서
뜨겁게 불타 오른다
너와 나의 늘 푸른 가슴으로
옹아리 앓는다

제3부

사랑이 마주할 때

사랑이 마주할 때

사랑이 마주할 때
세상은 행복을 꿈꾸는
금빛 바다
찬란한 사랑의 물결입니다

사랑이 떠나갈 때
세상은 야멸찬 화재의 현장
새까맣게 불타버린 목탄가루
검게 젖에 흘러내리는 눈물바다입니다

그대 떠나 간 자리

알 수 없는 어둠이 내리고

고왔던 꽃 이파리
한밤중에도 흩날리며
쓸쓸히 떨어져 내립니다

만남이란 언제나
이별 앞에 서 있지만
이별 앞에 서 있는 만남은
다시 돌아올 날을 되새기며

기약 없는 기다림에 여윕니다

사랑은 한 순간에 피고 져도
그리움은 옛 모습 그대로 영원합니다

온 세상 모든 것이 그대의 것입니다

내 님으로 오시는 꽃

그대 정갈한 순수
대낮에도 보름달로 뜨는 고요
연잎 가리우고
연잎 가리우고
수줍음 타는 저 우윳빛 속살 좀 보게나

그 옛날 소녀의
하―얀 눈웃음같이
무량한 번뇌는 고운 향기에
눈을 뜨고

자비는 깨우침이 깊어
나비의 꿈 그윽히 날아오른다

언제 보아도 다정한
회산방죽 백련이여,

내 님으로 오시는 꽃

물음표

삶에 대하여 묻는다
허실삼아 묻는 건 아니다
척박하고 처절한 바위틈을 비집고
맨발의 뿌리를 들여놓는
작은 풀잎들에게 묻는다

인고의 세월 다지며
고귀한 꽃잎 피워내는

하늘과 땅
공간과 공간에서

생의 시작과 끝은 무엇이며
생성과 소멸,
소멸과 생성은 무엇인가

삶의 높낮이는 또 무엇인가

물음표란 이미 주어진 마침표 안에서
밤하늘에 빛나는 별을 헤다가
고요히 잠이 드는
아가의 꿈결이란다

살아 있는 동안에 주어진 물음표의 정답은
정답을 말하지 않는 무응답이 정답이며
꿈길을 걷는 꿈결속의 말없음표에서
마감 짓는 침묵이다
물음표의 본질은
무한의 곳에서 시작이 되고
무한의 끝자락에서 마감이 되는
허와 실이다

걸어가는 꽃나무

누구일까

우산도 없이 긴 머릿결 봄비에 젖어도
마음 가는 곳
그곳만을 멍히 바라보는
이름 모를 꽃나무

비는 그치고 꽃 이파리 흩날려도
홀로 서 있는 저 여인은 누구일까

기다림에 지쳤는지
더는 머물 수 없음인지
고개 숙이고 걸어가는 뒷모습
너무 쓸쓸하여

공연한 나의 옛 생각 달빛처럼 스치운다

누구일까
걸어가는 저 꽃나무는,

가던 길 뒤돌아보더니
젖은 눈시울로 씽긋 웃고는
손을 흔들며 멀어져 간다

봄바람은 따스해도 꽃잎이 진다

반려동물

동물에게 배려하는 인정이
어설픈 집착은 아닌지
사람들은 제 각기
서로 다른 견해를 가질 수 있지만

세상의 간교한 허구를
눈 시리도록 보아왔지 않겠니

오욕의 장밋빛 한 마당을
차마 내다버리지 못하여
양심은 시궁창에서 썩어 내리고

자비는 날로 침울하다

지구 안의 모든 것은
존재하는 이유 때문에
존재하는 것이며
존재하는 조건이 무엇이든

생명의 가치는 소중하다

다만,
사람이 가는 길과
짐승이 가는 길이 다를 뿐

자연 속에서 함께 숨을 쉬며
서로가 서로를 교감하는 사랑의 디딤돌이
반려동물의 본질이다

반려동물보다 못한 인간이 곧 짐승이다

제4부
머언 바램으로 서 있는 노을빛

머언 바램으로 서 있는 노을 빛

이제 무엇을 더 이상 번뇌하려 함인가
바다의 푸른 물결은 노을이 지는데

우리들의 애틋한 사랑도
바윗등을 타고 물보라 치는데

이제 더 이상 무엇을 골몰하려 함인가

내가 나를 다스려도 다스릴 수 없는
나의 자유는
하냥, 너의 품안으로 달려가고

가슴으로 살며시 내려 와 출렁이는
허공은,
바람소리 아려도 햇살은 따스하다

보이지 않아도 들려오는 너의 목소리
가까이 다가 와 곁에 머무는 듯
애틋하건만

사랑은 아득히 메아리지고
선지 빛 하늘만 멀리서 불타오른다

노을이 진다
우리들의 간곡한 사랑도
모래톱에 눕는다

어찌하여 우리 사랑은 소리도 없이
소리도 없이 모래톱에 눕고 마는가

어찌하여 너와 나는 이렇게
머언 바램으로 아득히
마주 서 있어야만 하는가

못난 아쉬움이,
아껴 둔 눈물이,
눈시울에 어리어 눈이 부시다

새벽 비

어둠을 헤치고
새벽 비 오시네
님이 오시는 발자국 소리

창문 앞에 오시어 발걸음 멈추고는
노크도 없이 흐느껴 우네

그대 위해 일어설 수 있는
나의 정성은 이렇게 맨주먹 뿐인가요
손길이 닿지 않아서라고,
손끝마저 닿지 않아서라고,

차마, 창문을 열지 못하였네

계절은 잠시 머물다 가는 나그네
바람은 잠시 스치우는 그림자

어둠을 헤치고 새벽 비 오시네
천둥이 울고 벼락이 치네

차디 찬 고독은 목마름에 녹아들어도
그리움보다 더 아름다운 기다림을 안고 울어도
잎새 져버린 길목에 서 있는 나목이 되어
어금니 앙다물고
사랑은 새 봄을 기약하네

계절이 머물다 가는 허무를 눈물 떨구지 마시어요
바람이 스치우는 분노를 한숨짓지 마시어요

새벽 비 그치면
닫힌 창문 열어젖히고,
우리 사랑 마주할 수 있으리니

기쁨에 찬 아침 햇살 받으며
금빛 눈물 얼룩진 얼굴로

너와 나 뜨거운 가슴 으스러지도록
부둥켜 안고
사랑의 자유를 노래부를 수 있으리니

어둠을 헤치고 새벽 비 오시네
님이 오시는 발자국 소리…

말문이 막혀도
새벽비는 울지 않는다

파도여, 파도여 !!

한 세상 품어 안으려고
몇 만 리 너울을 빚어

끝없이 이글거리는 푸른 넋이여,

허허로운 광장에서
초연히 일어서는 푸른 깃발이여,
열렬했던 우리 사랑이 그립다
다시 그립다

너는 아느냐
파도가 사랑이었음을

넘어져도 으깨어져도
응어리진 눈물
뼛속에 질끈 동여매고

밀려오는 맥박소리,
밀려오는 물결소리,
일어서며 일어서며,
앞으로 앞으로 나아가며,
어깨동무 어깨동무,
우리들의 강인한 뚝심이 아니었더냐

노을진 서녘하늘 저 켠으로
물새 한 마리 외롭게 날아간다

물결이 굴절하며 날이 저물고

지나 간 날들은 모래알처럼 수런대며
알 수 없는 편지를 쓴다
뜻 모를 그림을 그린다

하얗게 부서져도
유구히 일어서는 푸른 날개여 ‼

그칠 모르는 너의 설레임을 사랑한다

심장의 붉은 피,
뜨겁게 끓어오르는
파도여,
파도여,

버팀목

몸통의 부피만을 늘리기 위해
제 자리 홀로 서 있는 건 아니다

보이지 않는 세월의 옹이진 자국
뿌리 깊은 사랑은 가슴이 아파도
울지 않는다

나그네 쉬어가는 길
잠시 버팀목 그늘에 앉았노라니
낯선 바람이 다가와

'그대 어디에서 온 누구냐' 고
말을 건넨다
대답을 해 줄까 말아야 할까
망설이는 사이

'그대 어디로 가는 길이냐' 고
다시 묻는다

내가 내 자신의 삶도 잘 모르는데
어디에서 온 누구이든
어디로 가는 길이든
웬, 참견이냐고 되묻고 싶지만
바람의 속내를 알 것 같아
버팀목 끌어안고 살며시 눈을 감는다

솔바람소리 참 맑고 고요하구나!
너로 인하여 작은 풀잎들이
그윽함에 빛나는 꽃을 피웠나보다

모자람에 흔들리는 풀잎들의
울타리가 되어, 지붕이 되어,
고운 꽃잎 펴 준 무량함이 하늘에 닿는다

뿌리 깊은 사랑이
버팀목 깊이에서 우러난다
가슴이 뭉클하다

눈이 오는 날에서야

눈이 내리네
눈송이 날리네
눈이 오는 날에서야
깨닫는 내 발걸음
서글픈 옛 이야기들

눈이 덮이네
온 누리 덮이네
나 홀로 거니네

오솔길 걸어 온 길
뒤돌아보면
내 발자국 어느 새 지워지고 없네

눈이 오는 하—얀 세상에서
그대 가고 없음을 한숨짓는
이 어리석음

눈이 쌓이네
눈이 쌓이네

하얀 외로움이 쌓이네

홀로 걷는 길—거닐고 거닐다가
우리 사랑 마주치면
그대 하얀 마음 얼싸안으리

못 다한 내 그리움 꽃잎처럼
가슴 깊은 곳에 새겨 넣으리

G선장의 아리아가 흐르는 허공
어디선가 들려오는
가여운 그대 목소리…

슬픈 연가

마지막 타오르게 하소서
애끓는 여백의 한 자락까지
화알활 불타오르게 하소서

사월의 푸른 잎새들이
파릇파릇 눈을 뜨면,
우리 사랑도 은행잎새처럼
새록새록 눈을 뜨면,
나뭇잎새 한층 더 무성해지고

우리 사랑도 나날이 깊어가더이다

하지만,
머물다 가는 것들이 그러하듯
가을이 오는 계절 앞에서
무성했던 은행잎새 우수수
낙엽 되어 지더이다

우리 사랑도 지더이다

사랑하는 이여,
무심히 떨어져 가는 은행잎새처럼
못 다 이룬 우리 사랑이

한 된 눈물일까 두렵습니다.

해맑고 아름다웠던 우리 사랑
빈손으로 왔으니

빈손으로 돌아갈까 두렵습니다

일몰이 남기고 간 어둠 속 머얼리
저녁 종소리 메아리져 갑니다
아, 그리운 당신
간구하여도 아득히 멀어져 갑니다

제 5 부
들꽃 사랑

들꽃 사랑

아둔할수록 현명해지는
우리 사랑은
따스한 햇살마저 막연하다

움츠린 계절 앞에서
뿌리까지 잠재워버린 잔인한 삼월은
얼어붙은 여백을 조롱하며
어둠이 내린다

아둔한 세상,

미친 듯 미쳐버리지 않고서는
아무 것도 보이질 않는 어둠 속에서
무분별한 그늘 속에서
무너지는 건 이 땅의 담장이 아니란다

믿었던 우리들의
늘 푸른 가슴이란다

사랑아, 염려하지 않는다
잊혀진 기억 앞에서 절망하지 않는다

숨 가쁜 절망을 두려워하지 않는다

한 올의 실은 약하지만
한 올 한 올의 실이 모여서
서로에게 눈을 뜨면
어처구니없는 황무지 이랑에도
찬란한 햇살 고여 오리니

지금은 눈물에 젖어버린 땅
꽃씨를 뿌리자!
내일의 꽃씨를 뿌리자‼

들꽃 사랑으로, 들꽃 사랑으로…

둥근 자유

그대 산허리를 밟고 오시네

평행하는 발끝에
눈물 젖은 발끝에
시월의 둥근 달님 휘영청 밝아 오시네

어둠 속에서 야욕의 눈을 번뜩이며
발광하는 밤의 정령들이

달빛을 안주삼아
술에 취해버린 그 시간,

달빛 홀로
둥근 달이 둥근 자유임을 골몰하며
목이 메이네

밤이 깊어갈 수록
빛을 거머쥔 마귀들이 창궐하여

축생들의 피를 흡입하는 잔인함에
몸통까지 떨리는 바람소리 모질건만

빛을 압류당한 동그라미 아리송하여
풀잎들은 가슴을 조이네
가슴 조이며— 가슴 조이며
아리송함을 모른 체 잠이 드네

세상은 둥근 자유를 아는 듯
모르는 듯
시월의 둥근 달님 홀로 쓸쓸히 저물어가네

임진강변에서

천리를 세 번 달리는 길
삼천리강산이라네
혼백이 숨을 쉬는 곳
쉬엄쉬엄 달려가세나

지금은 흘러도 흐르지 않는 강
멈추어버린 맥박소리
피가 끓는다― 피가 끓는다

반만년 얼이 맺힌 생명의 기슭을 돌아
한 줄기 혈맥을 타고 흐르는 강

정처 없는 우리들의 새벽은
속절없이 불타오르고
애증의 세월만 굽이굽이
강바람을 마신다

무심한 자여,

가로막힌 산하의 벽을 넘어서는
저 바람소리 듣느냐
임진강이 흐르는 유역

어버이 등에 업혀 온 아가들이
어느 새 늙고 병들어 이승을 떠나버렸네

움켜쥔 손 바르르 떨리는
하늘과 땅 사이,
너와 나의 뼈를 불태워서라도

이별이 없는 공통분모의 길을 열자

사무친 그리움 격렬하게 넘어서는 고개 너머
통일이여, 오라!
멈추지 말고 머뭇거리지 말고
어서 오라 !!

모 순

앞뒤가 맞지 않는다 하여
모순을 모순이라는 말로
단정지울 순 없다
부정과 긍정의 대립은
존재와 존재를 융합하는 상대성이다

세상을 여실히 들여다본다
곁눈질이 아닌 똑바른 눈으로
유심히 들여다본다

낮과 밤은 다르다 할지라도
하루 안에 포함이 되고
사람의 앞모습과 뒷모습은
확연히 구분되어도
자아의 육신에 포함이 된다

모순의 모순은 극과 극을 양단하는
별개의 것일 수 있지만

서로와 서로를 결합하는 교집합이다

겉모습으로는 양심을 토로하고
속내는 편견을 갖는 치졸함을
탓하진 않으마

옳고 그름의 판별을 기준하는
모순의 모순은 정, 반, 합이다

모순이란 궁극적으로 오류를 범하지 않아야 하는
정돈된 이성과 감정의 실체적 합일이다

징검다리

산계곡물 흐르는 징검다리 딛고
종이배 띄워 보내며 노닐던
단발머리 소녀는
지금 어디에 살고 있을까

더딘 듯 빠르고
빠른 듯 더딘 계절은
해마다 변함없이 오고 가건만
징검다리 건너려는 내 발걸음은
호숫물에 잠긴 물가에 멈추어버렸네

산마루 가장자리
아직 버혀지지 않고 서 있는
벚꽃나무 한 그루
꽃잎은 낙화하는데
그 옛날을 새롭게
꽃 피울 수 있을까
물속에 잠기어버린 징검다리

여기 이대로 보이질 않네

흰 구름이 수면 위로 떠 흐르며
징검다릴 놓아주건만
산기슭 강바람 일어
그 마저 지워지고 없네

참 예쁜 그 소녀,
옛 모습 그대로
다시 만날 수 있을까
손 맞잡고 눈물 글썽일 수 있을까

우리 다시 만나야 한다

안개 속으로 햇살은 쏟아져 내리고
그 햇살 속에서 그대 날 오라며
손짓을 하네

만나면 반가운 얼굴
한 달음에 뛰어갔건만
그대는 보이질 않네
불러도 대답이 없네

그대 따스한 가슴에
여윈 내 얼굴 파묻고
흐느껴 울고 싶었지만

아하, 우리 사랑은
안개 속으로 흩어지고 마는

기어이 흩어지고 마는 바람이었는가

아하, 우리 사랑은
허공에 나부끼고 마는

기어이 나부끼고 마는
가여운 햇살이었는가

내가 다시 태어나도
오직 너 만을 사랑하리니
너 하나만을 그리워하리니

그리운 사람아,
다시 태어나서라도 너를 만나야 한다

우리 다시 만나야 한다

무심결에 씨앗이 하나

가는 길 가노라면
그냥 가야하지 않겠는가

허공에 그려주고 간
하—얀 손짓
잊은 지오래

오늘 다시 뒤돌아보면
그대 아직
그 자리에 서 있고
꽃 지고 잎새 져도
그대 아직 그 자리에 서 있네

뒤돌아보지 말게나
가슴 속에 여물어도 허상인 것을

물속에 어리는
고운 그대 그림자 꺼내어

손에 꼬옥 쥐어보아도
손금에 젖어오는 건
그대 눈물이어라

무심결에 씨앗이 하나

이 글의 주인공을 만나고 싶습니다

열차 안에서 맺어진 인연,

커피숍에서 맺어진 인연,

때로는 오고 가는 길에 마주친 인연,

언제나 격려해 주고 함께 하여 주신 애독자 여러분께 진심으로 감사드립니다.

한 권의 책이 세상에 모습을 드러내기까지 얼마나 많은 눈물과 땀방울과 고뇌의 심혈을 기울였는 지 새삼 감회가 깊습니다.

지금은 타인이 되어버린 사람이지만 언제인가 어디에선가 한번은 만나보고 싶다는 일념뿐, 진실한 사랑은 오랜 그리움 속에 맴을 돌며 수십 년이 흘러가도 가슴 깊은 곳에서 옛 모습 그대로 나의 슬픔이 되어 주고, 빛이 되어주기도 하는 존재임을 깨닫습니다.

나의 가여운 노래는 그침이 없는 노을진 바다처럼 영

원히 출렁일 것입니다.

목숨으로 살아가는 우리 모두 그리움을 지니지 않고 사는 이는 없겠지요.

책을 보내 드리기로 약속한 분들께 다시 한 번 감사드립니다. 반드시 약속을 지킬 것이며 전국 서점에서 판매될 수 있도록 힘쓸 것입니다.

모두의 행운과 행복을 빌며, 특히 지금 이 시간에도 서로를 사랑하며 그리워하며 살아가는 모두에게 아름다움이 고이 간직되시길 바랍니다.

오늘도 일터에서 열심히 살아가는 분들께도 아낌없는 격려와 사랑을 보냅니다. 희망에 찬 내일이 되시길 진심으로 기도 드리며…

안녕‼이라고 손을 흔듭니다. 어느 날 다시 만나리란 믿음을 고이 새기면서 맺습니다. 아듀~아듀‼

＊ 사랑하는 이여, 당신께 드릴 수 있는 건 이 한 권의 책뿐입니다.

2018년 1월 어느 날

저자 박 영 무 드림

사랑은 가까이에서 더 그립다

초판인쇄 · 2018년 2월 19일
초판발행 · 2018년 2월 23일

지은이 | 박영무
펴낸이 | 서영애
펴낸곳 | 대양미디어

출판등록 2004년 11월 제 2-4058호
100-015 서울시 중구 충무로5가 8-5 삼인빌딩 303호
전화 | (02)2276-0078
팩스 | (02)2267-7888

ISBN 979-11-6072-021-1 03810
값 10,000원

이 도서의 국립중앙도서관 출판예정도서목록(CIP)은 서지정보유통지원시스템 홈페이지
(http://seoji.nl.go.kr)와 국가자료공동목록시스템(http://www.nl.go.kr/kolisnet)에서
이용하실 수 있습니다.(CIP제어번호 : CIP2018004508)